LES BAYADERES,

OPÉRA

EN TROIS ACTES.

Poëme de M. Jouy,

Musique de M. Catel.

Ballets des premier et second actes, par M. Gardel; du troisieme acte par M. Milon.

Les décorations sont de M. Isabey.

LES BAYADERES,

OPÉRA

EN TROIS ACTES,

REPRÉSENTÉ

POUR LA PREMIERE FOIS SUR LE THÉATRE DE
L'ACADÉMIE IMPÉRIALE DE MUSIQUE,

LE 7 AOUT 1810.

Prix, 2 francs.

Chez Roullet, Libraire de l'Académie Impériale
de Musique, rue des Poitevins, n° 7.
M. DCCCX.

LES BAYADÈRES,

OPÉRA

EN TROIS ACTES,

REPRÉSENTÉ

POUR LA PREMIÈRE FOIS SUR LE THÉÂTRE DE L'ACADÉMIE IMPÉRIALE DE MUSIQUE,

le [illegible] août 1810.

Prix, 2 francs.

Chez Roullet, Libraire de l'Académie Impériale de Musique, rue des Poitevins, n° 6.

M. DCCC X.

NOTICE HISTORIQUE

SUR LES BAYADÈRES.

La considération dont jouit, dans l'Indoustan, cette classe de femmes connues en Europe sous le nom de Bayadères, repose sur une opinion religieuse, présentée dans les livres indiens comme un fait historique. Le récit très succinct que je vais en faire paraîtra d'autant moins déplacé, qu'on y reconnaîtra la source où j'ai puisé le dénouement, et quelques unes des situations du drame que le lecteur a sous les yeux.

On lit, dans un des *Puranas* (poëmes historiques et sacrés), que *Schirven*, l'une des trois personnes de la divinité des Indes orientales, habita quelque temps la terre, sous la figure d'un Raja célèbre, nommé *Devendren*. En prenant les traits d'un homme, le dieu ne dédaigna pas d'en prendre les passions, et il fit de l'amour la plus douce occupation de sa vie.

Son peuple, dont il n'était pas moins adoré pour ses défauts que pour ses vertus, le sollicitait en vain de donner un successeur à l'empire, en choisissant du moins une (1) épouse légitime, dans le grand nombre de femmes de toutes les classes qu'il avait rassemblées autour de lui. Devendren différait toujours, parcequ'il ne vouloit épouser que celle dont il était aimé le plus tendrement, et que tout dieu qu'il était, il avait peine à lire dans leurs cœurs : à la fin cependant le Raja s'avisa, pour éclaircir ses doutes, d'un stratagême qui réussit au-delà de ses espérances. Il feignit de toucher à sa dernière heure, rassembla toutes ses maîtresses autour de son lit de mort, et déclara qu'il prenait pour épouse celle qui l'aimait assez pour n'être pas effrayée de l'obligation terrible qu'elle contracterait en acceptant sa foi. Cette proposition ne tenta personne; le bûcher de la veuve se montrait trop voisin du trône et du lit conjugal : douze cents femmes gardaient un silence imperturbable, lorsqu'une jeune Bayadère, dont le Raja avait été quelque temps épris, instruite de son état et de sa proposition, se présenta au milieu de l'assemblée muette, s'approcha du lit du prince, et déclara qu'elle était prête à payer de sa vie l'insigne faveur de porter un seul moment le nom de son épouse. On célébra leur hymen à l'instant même, et quelques heures après Devendren mourut ou

(1) Les Indiens des castes supérieures peuvent, ainsi que les Musulmans, épouser plusieurs femmes.

du moins feignit de mourir. Fidèle à sa promesse, la Bayadère fit aussitôt les apprêts de sa mort. On éleva, par son ordre, un bûcher de bois odorant, sur les bords du Gange; elle y plaça le corps de son époux, l'alluma de sa propre main, et s'élança dans les flammes: mais au même instant le feu s'éteignit; Schirven, debout sur le bûcher, tenant entre ses bras sa fidelle épouse, se fit connaître au peuple, et publia sur la terre l'hymen qu'il accomplit dans les cieux. Avant de quitter le séjour des mortels, il voulut, pour y perpétuer le souvenir de son amour et de sa reconnaissance, qu'à l'avenir les Bayadères fussent attachées au service de ses autels, que leur profession fût honorée, et qu'elles portassent le nom de *Dévadassis* (favorites de la divinité.)

A ce nom indien de *Devadassis*, *Devalialès*, les Français ont substitué celui de Bayadères, par corruption du mot *Belladeiras* (danseuses), que les Portugais employèrent pour désigner cette classe nombreuse de jeunes filles consacrées tout-à-la-fois au culte des dieux et de la volupté.

La profession de Bayadère est une prérogative de la caste des artisans, dite *des cinq marteaux*; mais ce privilège n'est pas tellement exclusif, que les castes supérieures ne puissent y participer. La jeune fille que ses parents destinent au service des pagodes, doit être présentée au *Gourou* (Brame supérieur) avant l'âge nubile; la beauté est une condition indispensable, qu'aucune considération de naissance et de fortune ne peut remplacer : après un noviciat de quelques mois, et des cérémonies trop étrangères à nos mœurs pour en faire mention, la jeune initiée est marquée, au-dessous du sein gauche, du sceau du temple où elle doit rester quinze ans, et dont, après ce temps-là même, elle ne peut sortir que pour contracter un mariage légitime. Aussitôt après sa réception on la remet aux mains des Brames et des maîtres de danse et de musique chargés de son instruction.

Les historiens et les voyageurs ont très diversement parlé des Bayadères ; exaltées par les uns, elles ont été jugées très rigoureusement par les autres. Où les premiers ont vu des femmes d'une beauté ravissante, entourées de tous les prestiges du luxe et des talens, les autres n'ont remarqué que des courtisanes plus ou moins jolies, qui dansent dans les fêtes publiques et particulières pour quelques pièces d'argent, et chez lesquelles rien ne justifie l'enthousiasme de leurs admirateurs. Quelque différence qu'il y ait entre ces deux peintures du même objet, l'une et l'autre sont également fidelles, mais elles n'ont pas été prises du même point de vue. On concevra très aisément que deux Indiens voyageant en France, dont l'un ne serait pas sorti du petit port de mer où il serait débarqué, tandis que l'autre aurait passé quelques mois à Paris ; on concevra, dis je, que ces voyageurs, de retour dans leur patrie, écrivant sur l'état actuel de nos théâtres, sur les talents de nos actrices, sur la considération dont elles jouissent, parleront des mêmes objets en termes tout-à-fait différents, sans pourtant blesser en rien la vérité : telle est la source des récits, en apparence contradictoires, dont les Bayadères ont été l'objet. Les voyageurs qui n'ont été à portée de les voir que dans les établissements européens de la côte de Coromandel, trouveront qu'on a beaucoup exagéré leur éloge ; ceux au contraire qui ont visité les riches pagodes de Jagrenat, de Sonna-Sindi, qui ont remonté le Gange jusques à Bénarès, se plaindront le plus souvent de ne pouvoir donner à leurs portraits qu'une bien faible partie des charmes de leurs modèles.

La danse des Bayadères est presque toute pantomime ; elle consiste en mouvements mesurés du corps, des bras, de la tête et des yeux : leurs divertissements, dont l'idée principale est toujours la même, présentent trois situations, ou du moins trois intentions distinctes. La première indique, de la part des personnages, une sorte d'irrésolution, d'inquiétude vague qui se manifeste par le passage continuel du repos à l'agitation, du bruit au silence ; dans la seconde, qui a pour objet de peindre les ardeurs du desir, les transports de l'amour, on peut adresser aux Bayadères un reproche que méritent rarement nos actrices, celui de se pénétrer trop profondément de leur rôle, et d'arriver par l'imitation, trop près de la nature. La troisième partie est un ballet très court, sur un mouvement qui va toujours en augmentant de vîtesse, et qui se termine par une espèce de bacchanale. Leurs pas se bornent à un trépignement de pieds que la mesure accélère ou ralentit: le charme de leur danse est tout entier dans les molles inflexions de leur corps, élégant et flexible, dans la grace et la variété des attitudes, dans l'expression délicieuse de leurs yeux à demi-fermés, et dans la beauté remarquable dont elles sont généralement pourvues.

Les Bayadères chantent et dansent au son de quelques instruments particuliers, dont les principaux sont le *mangassaran* (sorte de haut-bois); le *tal,* qui diffère peu de nos cymbales, et le *matalan* (tambourin, dont le diamètre est de moitié plus grand au centre qu'aux extrémités). Leur chant, comme celui de tous les Orientaux, est monotone et mélancolique; il ne procède guère que par demi-tons; les accompagnements sont durs et bizarres, et presque tous les airs finissent par une gamme chromatique et descendante.

Les Bayadères jouissent de privilèges honorifiques, qu'en tout autre pays on auroit de la peine à concilier avec l'irrégularité de leurs mœurs: dans quelques contrées de l'Indoustan, et notamment dans le Bengale, le Brame supérieur et les *Devadassis* peuvent seuls s'approcher du prince et s'asseoir en sa présence; dans les cérémonies publiques elles occupent les premières places, te les insultes qu'elles peuvent recevoir sont punies aussi sévèrement que celles qui s'adresseraient aux Brames eux-mêmes. Comme ces derniers, les Bayadères ne se nourrissent que de végétaux, et sont astreintes de nuit et de jour à des prières, à des ablutions dont rien ne peut les dispenser.

Tous les temples entretiennent, suivant leur richesse, un nombre plus ou moins considérable de Bayadères; les plus grands, tels que ceux de *Jagrenat* et de *Chalambrun*, en ont jusqu'à 150, qui ne se distinguent pas moins par leur beauté que par l'extrême richesse de leur parure. Les bijoux, les pierres précieuses, dont elles sont couvertes, appartiennent à la pagode; elles ne doivent les porter que dans les cérémonies religieuses; mais les Brames les autorisent à en faire usage lorsqu'elles sont appelées chez les princes Indiens, ou même auprès des gens riches qui peuvent mettre un prix à cette faveur. Dans les cérémonies religieuses, elles dansent devant les images des dieux que l'on promène, et chantent des hymnes sacrées en leur honneur; elles figurent aussi dans les réjouissances publiques, où elles ont coutume d'exécuter un pas militaire, dans lequel ces jeunes filles font preuve d'une adresse extrême à manier les armes.

Il y aurait, je pense, un bien singulier rapprochement à faire entre les Bayadères des Indes et les Vestales de Rome, et j'ai souvent été surpris que le savant orientaliste, sir William-Jones, n'en ait pas fait mention dans ses Parallèles Mythologiques. En effet, un seul point mis à part (lequel éloigne plutôt qu'il ne repousse toute idée de comparaison), les prêtresses du temple de Vesta, et celles des pagodes indiennes, ont entre elles des traits de ressemblance qui ne peuvent échapper aux esprits les moins attentifs. Dans l'une et l'autre institution, les jeunes filles destinées au culte des autels devaient y être présentées au sortir de l'enfance : à Rome, la direction des Vestales appartenait au souverain pontife; celle des Bayadères est confiée au chef des Brames : les Vestales présidaient aux cérémonies religieuses, aux fêtes publiques, et jouissaient des plus honorables privilèges; les Bayadères ont le même emploi et jouissent des mêmes prérogatives. Il serait facile d'établir ce parallèle sur un bien plus grand nombre de faits; mais leur développement exigerait une discussion approfondie dont cette notice n'est pas susceptible.

En la terminant, je ne dirai qu'un mot du nouvel ouvrage que je soumets au jugement du public : l'idée principale en est empruntée d'un conte de Voltaire (*l'Education d'un Prince*), et les détails en ont été recueillis sur les lieux mêmes où j'ai placé l'action de ce drame lyrique.

ACTEURS ET ACTRICES
CHANTANTS DANS LES CHOEURS.

Chœurs d'Indiens, de Marattes, et de Bayadères.

BASSES.	TAILLES.	HAUTES-CONTRES.
Mrs Lhoste.	Mrs Martin.	Mrs Lefèvre.
Lecoq.	Duchamp.	Chollet.
Devilliers.	Chevrier.	Leroy.
Leroy.	Nocart.	Gaubert.
Putheaux.	Beaugrand.	Fasquel.
Aubé.	Leroy.	Gousse.
Gonthier.	Carbonnier.	Lemaire.
Ferdinand, A.	Menard.	Dumas.
Picard.	Leger.	Courtin.
Nisy.	César.	
Houebert.		
Chapelot.		
Prévost.		
Levasseur.		

DESSUS.

Mmes Gambais.	Mmes Florigny.	Mmes Reine.
Proche.	Mantes.	Peletier.
Hymm mere.	Chevrier.	Dubois.
Mullot ainée.	Vallain.	Lesbre.
Mullot cadette.	Beaumont.	Fasquel.
Royer.	Mazieres.	Mantes fille.
Lefevre.	Lorenziti.	Falcos.
Bertrand.	Lacombe.	Menard.
Delboy ainée.	Percillier.	

PERSONNAGES DANSANTS.

ACTE PREMIER.

Jeunes Esclaves.

Mesdemoiselles Virginie, Gosselin cadette, Pierret l'aîné, Blanche.

Esclaves.

Mesdemoiselles Proche, Ferette, Laurence.

Femme de Ceilan.

Mademoiselle Athalie.

Géorgiennes.

Mesdemoiselles Félicité, Fanny.

Femmes Persanes.

Mesdemoiselles Masrelié cadette, Gosselin l'aînée.

Brames-Chorèges.

MM. Courtois, Boudet, Lemiere, Beauglain.

Bayadères.

Mesdames Gardel, Chevigny, Millière, Delile, Nalbedel, Delphine, Mélanie, Aimée, Dupuis, Bertin, Baudesson, Fliger, Naderkor, Marianne, Narcisse, Angeline.

ACTE DEUXIEME.

Bayadères.

Mesdemoiselles Adélaïde, Eulalie, Darmancourt, Podevin.

Marattes.

MM. Branchu, Beaulieu, Anatole, Elie, Déjazet, Petit, Justin, Seuriot cadet, Romain, Maze, Rivière, Godefroy, Pupet, Verneuil, Bense, l'Enfant, Galais, Guillet, Pouillet, Châtillon.

Officiers Indiens.

MM. Milon, Goyon, Mérante, Montjoie.

ACTE TROISIEME.

Jongleurs.

M. Beaupré.

MM. Eve, Auguste, Toussaint cadet, Fauchet, Michel, Beauteint, Bretel, Péqueu.

Géorgiennes.

Mesdemoiselles Jacotot, Déjazet, Lili, Ferette.

Persanes.

Mesdemoiselles Pansard, Cœlina, Blanche, Lequint.

Jeunes Esclaves.

Mesdemoiselles Pierret l'aînée, Gosselin cadette, Césarine, Virginie.

Indiennes.

Mesdemoiselles Nanine, Pivert, Matras, Copper l'aînée.

Brames.

MM. Montjoie, Godefroy, Romain, Seuriot cadette, l'Enfant, Châtillon, Pouillet, Bense, Rivière.

Porteurs de présents.

MM. Leblond, Paul, Beauglain, Lemiere, Dupuis, Lachouque, Josse, Vedi.

Indiens.

MM. Déjazet, Pupet, Verneuil, Galais, Justin, Petit, Maze, Guillet.

Premiers sujets.

M. VESTRIS. . . . . Jongleur.
Mademoiselle BIGOTTINI. . . . . Bayadère.
M. BEAUPRÉ. . . . . Jongleur.

Mesdemoiselles { Marinette, Gosselin l'aînée, } Bayadères.

M. Anatole,
Mesdemoiselles { Saulnier, Victoire, } Persans.

Mesdemoiselles { Masrelié cadette, Fanny, } Indiennes.

PERSONNAGES.

DEMALY, Rajah de Bénarès.	MM.	Nourrit.
OLKAR, général des Marattes.		Dérivis.
RUSTAN, Intendant du Harem.		Laforêt.
NARSÉA, Grand Brame.		Bertin.
RUTREM, Ministre du Rajah.		Eloy.
SALEM, confident d'Olkar.		Duparc.
HYDERAM, Brame.		Bertin.
LAMÉA, principale Bayadère.	Mmes	Branchu.
IXORA, DIVANÉ, DÉVÉDA, Favorites		Jeanart. Joséphine Armaf Emilie Benoist.
TROIS BAYADÈRES	Mlles	Lucy Portes. Percillier jeune. Reine.

BAYADÈRES.
BRAMES-CHORÈGES.
MARATTES.
INDIENS.
SUITE DU RAJAH.
SUITE D'OLKAR.

La scène est à Bénarès, ville sur le Gange, réputée sainte par les Indiens.

Au premier acte dans l'intérieur du harem.
Au second, sur la place publique de Bénarès.
Et au troisième, dans l'intérieur du palais du Rajah.

LES BAYADERES.

ACTE PREMIER.

(Le théâtre représente la *varangue*, espèce de salon du *Zénana*, (logement des femmes). Cette salle est formée, dans sa partie inférieure, de portiques ouverts qui laissent voir les jardins au milieu desquels le *Zénana* est placé. Une galerie circulaire et praticable règne au-dessus des portiques, et conduit aux appartemens, dont les portes s'ouvrent sur cette galerie.

Au lever du rideau, les femmes sont distribuées; les unes sur la galerie, où elles vont et viennent pour le service des favorites, les autres dans la *varangue*, où elles s'occupent de leur toilette devant des glaces que des esclaves leur présentent; d'autres dansent, jouent de la lyre, etc.

Les trois favorites sont assises sur des carreaux: on brûle devant elles des parfums; et des jeunes filles esclaves, nommées *Nokarni*, rafraichissent l'air avec de grands éventails de plumes d'oiseaux.)

SCENE PREMIERE.

RUSTAN, IXORA, DIVANÉ, DÉVEDA,
FEMMES, ESCLAVES (*des deux sexes.*)

RUSTAN.

Charme des yeux, trésor de grace et de pudeur,
Vous que le ciel créa pour aimer et pour plaire,

Exercez aujourd'hui ce pouvoir enchanteur;
Redoublez vos efforts, et méritez le cœur
Du jeune souverain que le Gange révère.
L'illustre Démaly, décernant à l'Amour
Un prix dont votre ame est jalouse,
Parmi tant de beautés qui peuplent ce séjour,
Va choisir sa première épouse.

LES FAVORITES (*à part.*)

Sans doute, c'est à moi
Qu'il va donner sa foi.

(*Rustan s'éloigne.*)

CHOEUR GÉNÉRAL.

Pour plaire, enchaînons sur nos traces
Les Talents et la Volupté;
L'Amour donne souvent aux Graces
Le prix qu'il ôte à la Beauté.

CORYPHÉE (*chantant.*)

Les doux accents d'une maîtresse
Dans le cœur éveillent l'amour;
Celle qui chante son ivresse
L'inspire bientôt à son tour.

CORYPHÉE (*chantant et dansant.*)

Nymphe légère,
Voulez-vous plaire?
Enlacez vos bras,
Cadencez vos pas;
Qu'en vous tout respire
Un joyeux délire;
Avec les amours

Voltigez toujours.

CHOEUR GÉNÉRAL.

Pour plaire, enchaînons, etc.

TRIO.

IXORA, DIVANÉ, DÉVEDA.

ENSEMBLE (*chacune à part.*)

D'une juste espérance
Sans trop d'orgueil, je pense,
Je pourrais me flatter;
D'une lutte inégale
En voyant ma rivale
Qu'aurais-je à redouter?

IXORA (*regardant Divané.*)

Sa taille est sans noblesse.

DIVANÉ (*regardant Ixora.*)

Ses yeux ne disent rien.

DÉVEDA (*regardant Divané.*)

Un souris sans finesse!

ENSEMBLE.

L'air gauche, sans maintien!

IXORA (*regardant Divané.*)

De l'art de la coquetterie
Elle épuise en vain les trésors.

DÉVEDA.

De la timide modestie
Divané n'a que les dehors.

DIVANÉ.

Pour trouver Ixora jolie
Je fais d'inutiles efforts.

IXORA.

Un ministre puissant s'intéresse à ma flamme.

DIVANÉ.

J'ai pour moi l'appui du grand Brame.

DÉVEDA.

Rustan sert mes projets.

ENSEMBLE.

D'une juste espérance
Sans trop d'orgueil, je pense,
J'ai droit de me flatter;
Je connais ma rivale,
Une lutte inégale
N'est pas à redouter.

SCENE II.

LES MÊMES, DEMALY, RUSTAN.

RUSTAN.

Du Raja dans ces lieux j'annonce la présence.

(*Les favorites se lèvent, les esclaves se prosternent.*)

CHOEUR.

L'amour et la reconnoissance
Remplissent nos cœurs satisfaits;
D'un maître chéri la présence
Est le premier de ses bienfaits.

DEMALY.

A vos empressements un devoir nécessaire
Quelques moments encor m'oblige à me soustraire :
De Brama remplissant les lois,
De l'hymen aujourd'hui je dois serrer la chaîne ;
Le cœur se décide avec peine
Quand tout ce qui l'entoure est digne de son choix :
Pour fixer de mes vœux la douce incertitude
J'ai besoin de solitude ;
Allez... je rends justice à tous vos sentiments.
(*Les femmes en sortant reprennent le chœur.*)
L'amour et la reconnoissance, etc.

SCENE III.

DEMALY, RUSTAN.

(*On voit les femmes passer sur la galerie supérieure et rentrer dans leurs appartements. Deux esclaves noirs restent en sentinelle aux deux extrémités de la galerie.*)

DEMALY.

Quel état, quels tourments !
Quoi ! toujours se contraindre !
Dévorer ses douleurs et ne pouvoir se plaindre !

RUSTAN.

Faites grace, seigneur, à mon zèle indiscret ;
Vous nourrissez quelque chagrin secret ?

DEMALY.

Hélas!

RUSTAN.

Vous commandez, et le pouvoir suprême
Fait naître autour de vous les plaisirs et les jeux;
Chéri de vos sujets, que vous rendez heureux...

DEMALY.

Je ne puis l'être moi-même.
Esclave au milieu des grandeurs,
Au joug des voluptés mon ame est asservie;
Mais n'est-il pas de plus nobles ardeurs?
Dois-je laisser couler ma vie
Dans l'insipidité de ces molles langueurs?
Olkar, ce guerrier téméraire,
Du Maratte insolent le chef audacieux,
Au sein de mes états ose porter la guerre.

RUSTAN.

Le grand Brame a promis la victoire à vos vœux.

DEMALY.

Je pourrais la devoir à mes efforts heureux...
Mais je veux achever de rompre le silence,
Et soulever le poids dont je suis oppressé.
Apprends qu'un amour insensé,
Dont ma raison gémit, dont mon orgueil s'offense,
A subjugué mon cœur et vaincu ma puissance.

RUSTAN.

Quel est donc cet objet?...

DEMALY.

Le chef-d'œuvre des cieux,

De graces, de talents le plus rare assemblage!
Ce qui charme l'esprit, ce qui séduit les yeux,
Elle a tout en partage.

RUSTAN.

Qui peut vous arrêter?

DEMALY.

Un obstacle odieux;
Cet objet que mon cœur préfère,
Voué par le plaisir au culte de nos dieux...

RUSTAN (*riant.*)

Quoi, seigneur, une bayadère!

DEMALY.

J'adore Laméa.

RUSTAN.

Quand tout rit à vos vœux,

AIR.

Pourquoi cette tristesse?
Etes-vous amoureux?
Cédez à votre ivresse,
Soyez heureux.
Exercez ce pouvoir suprême
Dont vous êtes armé;
Ordonnez qu'on vous aime,
Et vous serez aimé.

DEMALY.

Combien tu connais peu l'amour et sa puissance!

RUSTAN.

Je jouis sans orgueil de mon indépendance.

DEMALY.

Conçois-tu mes tourments?
Par le plus doux lien mon ame est enchaînée,
Et dans ce même jour aux autels d'hyménée
J'oserais prononcer de parjures serments...

RUSTAN.

L'heure de votre hymen par les dieux est fixée,
Et du jour qui nous luit la lumière éclipsée
Est le terme prescrit à vos engagements.

DEMALY.

Ah! pourquoi Laméa, si fidelle et si tendre..?

RUSTAN.

Nos lois parlent, seigneur; elles règnent sur vous;
A vous nommer son époux,
Celle que vous aimez ne peut jamais prétendre.

DEMALY.

Je vois tous les écueils où je vais m'engager;
Mais de l'amour j'apprends à braver un danger
Que la raison me fait connaître,
Et de mon sort enfin je veux rester le maître.

RUSTAN.

Seigneur, en consacrant un semblable lien,
Pouvez-vous espérer...

DEMALY.

Non, je n'espère rien.

RUSTAN.

Contre cet hymen sacrilège
Nos Brames s'armeront de leur saint privilège.

DEMALY.

Je le sais trop.

(*Sur un signe du Raja, Rustan s'éloigne.*)

Allons... je subirai mon sort;
Que Laméa s'éloigne... ô douloureuse image!
Je le sens, ce pénible effort
Est au-dessus de mon courage.

AIR.

Viens, Laméa, de toi quand je suis séparé,
Mon cœur éteint languit sans espérance;
Ah! viens charmer par ta présence
Tous les ennuis dont je suis dévoré.

RUSTAN (*s'approche.*)

Dans le parvis sacré qu'assiège un peuple immense,
Tes ministres, seigneur,
De ta présence auguste attendent la faveur.

DEMALY.

Qu'ils soient admis en ma présence.

(*Rustan sort.*)

Je ne sais quelle défiance,
Quel trouble font naître en mon cœur,
Ces ministres, soutiens de ma vaste puissance!

SCENE IV.

DEMALY, NARSÉA, RUTREM.

DÉMALY.

Sage Rutrem, et vous, sublime Narséa,

Des ordres de Brama
Souverain interprète,
Eclairez mon ame inquiète;
Le signal de la guerre alarme mes états;
Aux rivages sacrés du Gange
Olkar ose guider la terrible phalange
Des brigands destructeurs qui marchent sur ses pas;
La foudre gronde sur nos têtes;
Devons-nous, songeant à des fêtes,
Mêler les chants d'hymen aux clameurs des combats?

NARSÉA.

Qui peut vous inspirer ce doute téméraire?
Les dieux ont commandé, le prince délibère!...

RUTREM.

Tous ces flots de vils ennemis
Sont indignes, seigneur, d'exciter vos alarmes.
Vous les verrez bientôt, dispersés et soumis,
Attester en tombant la gloire de vos armes.

DEMALY.

Dès long-temps ma jeunesse à vos soins généreux
Confia le bonheur de ce peuple que j'aime;
Vous partagez le poids de ma grandeur suprême,
Et vos conseils toujours ont dirigé mes vœux:
Mais dans ce jour enfin un sinistre présage...

NARSÉA.

Wisnou lui-même en a prescrit l'usage.

RUTREM.

La fête est préparée, et le peuple l'attend.

NARSÉA.

Vous ne pouvez en différer l'instant.

RUTREM.

Des prêtres et des grands la troupe auguste et sainte,
Des filles de Brama le cortège charmant,
Déja de tous côtés inondent cette enceinte.

DEMALY (*à part.*)

Je vais la voir!... doux et cruel moment!

SCENE V.

LES MÊMES, GRANDS DE L'EMPIRE, BRAMES, CHEFS DES GUERRIERS, BAYADÈRES, ESCLAVES, etc. etc.

(*Les Brames et les officiers du palais se rangent du côté du trône; les grands de l'empire et les guerriers vis-à-vis: les soldats et le peuple se montrent au fond sous les portiques qui s'ouvrent à ce moment; en même temps on voit paraître sur la galerie supérieure les favorites et les femmes du Raja, qui assistent à la fête derrière des stores de gaze qui les dérobent en partie aux yeux des spectateurs.*)

CHOEUR GÉNÉRAL.

Prosternez-vous, grands de la terre,

Devant l'auguste Demaly :
Il lance, il retient le tonnerre ;
Il donne la paix ou la guerre ;
De son nom le monde est rempli.
Prosternez-vous, grands de la terre,
Devant l'auguste Demaly.

DEMALY (*à part.*)

Viens, Laméa, mon cœur t'appelle.

RUTREM.

Du sein des plaisirs et des jeux
Gouvernez vos peuples heureux,
Et reposez-vous sur mon zèle.

NARSÉA.

Comptez sur la faveur des dieux ;
A vos étendards glorieux
La victoire sera fidèle.

DEMALY (*à part.*)

A quoi me forcez-vous, grands dieux !
Dois-je prononcer à ses yeux
L'affreux serment d'être infidèle ?

RUTREM.

Que vos jours fortunés
S'écoulent sans orages.

NARSÉA.

Des mortels prosternés
Recevez les hommages.

ENSEMBLE.

RUTREM.

Du sein des plaisirs et des jeux
Gouvernez vos peuples heureux,
Et reposez-vous sur mon zèle.

NARSÉA.

Comptez sur la faveur des dieux;
A vos étendards glorieux
La victoire sera fidèle.

DEMALY (*à part.*)

A quoi me forcez-vous, grands dieux!
Comment prononcer à ses yeux
L'affreux serment d'être infidèle?

CHOEUR.

Prosternez-vous, etc.

BAYADÈRES.

(*Elles entrent et défilent devant le prince au son des instruments des jongleurs qui accompagnent le chœur suivant, sur l'air duquel une partie des Bayadères forme des pas.*)

Des plaisirs source féconde,
L'Amour, souverain du monde,
Habite ces lieux enchantés;
Accourez, troupe fidelle,
Accourez, sa voix vous appelle
Dans le séjour des voluptés.

DEMALY (*à part.*)

C'est elle... je la vois, ô bonheur!... ô souffrance!

LAMÉA (*à part.*)

Mon faible cœur ne peut soutenir sa présence.

RUTREM (*bas à Narséa, en observant le prince.*)

Il soupire, il semble agité!
Dans mon cœur quel soupçon s'éveille!

NARSÉA (*bas à Rutrem.*)

Dans les plaisirs son cœur sommeille.

RUTREM (*à Narséa.*)

Au flambeau de la vérité
Craignons qu'il ne s'éveille.

NARSÉA.

Etouffons sa triste clarté.

DEMALY (*à Laméa.*)

Je te vois, mon ame contente
Oublie en ce moment ses mortelles douleurs.

LAMÉA.

Pourquoi me cherchez-vous? Cette fête brillante
N'avoit pas besoin de mes pleurs.

NARSÉA.

Prince, avant le retour de la première aurore,
Du triple dieu que Benarès adore
Nous devons accomplir les immortels décrets;
Les temples sont ouverts, et les autels sont prêts.
Wisnou, Brama, Schirven (1) à tes vœux sont propices,
Que la fête d'hymen s'ouvre sous leurs auspices.
Dans vos concerts harmonieux,

(1) Les trois divinités principales de la mythologie indienne.

Par vos danses légères,
Célébrez, jeunes Bayadères,
La volupté, fille et reine des cieux.

(Le Raja va prendre sa place sur un divan, près de l'avant-scène à droite: Narséa et Rutrem se placent à ses côtés; de très jeunes esclaves des deux sexes occupent les gradins inférieurs. Pendant la ritournelle, les Bayadères se groupent d'une manière pittoresque autour des trois jeunes filles qui se détachent pour chanter l'hymne suivant, que leurs musiciens accompagnent sur les instruments du pays. Laméa, séparée, paraît absorbée dans la douleur et l'inquiétude.)

HYMNE.

TROIS BAYADÈRES.

Dourga, (1) des lieux où tu reposes
Préside à nos tendres concerts;
Que la douce vapeur des roses
Embaume et colore les airs!
Féconde déesse,
De ton ardeur enchanteresse,
Viens nous animer:
Pour célébrer le maître qu'on adore,
Tendres fleurs, hâtez-vous d'éclore,
Belles, hâtez-vous d'aimer.

---

(1) Dourga ou Bavani, déesse de la volupté; on l'invoque sous ce dernier nom, comme déesse de la persévérance.

LAMÉA (*sortant de la rêverie profonde où elle était restée ensevelie pendant l'hymne et la danse qui le suit.*)

(*à part.*)

Dieux, vous me l'ordonnez, je romprai le silence.

(*Dès que Laméa prend la parole, les danses cessent, les Bayadères l'entourent avec déférence.*)

(*haut.*)

Tandis que tous les cœurs s'enivrent d'espérance,
Que du bonheur qui fuit on chante les apprêts...
Dans un chemin de fleurs le repentir s'avance,
Et bientôt les plaisirs feront place aux regrets.
Mes sœurs, quelles noires tempêtes
Interrompent vos fêtes!
Quels coups ébranlent ce palais?

AIR.

Voyez-vous du haut des montagnes
Accourir ces enfans du nord?
Au sein de nos belles campagnes
Ils portent le fer et la mort.
Dans cette fatale journée,
Des chants d'amour et d'hyménée
Suspendez les molles douceurs;
Aux accens de la gloire
Réveillez la victoire,
De sa flamme sacrée embrasez les grands cœurs.

CHOEUR DU PEUPLE ET DES BAYADÈRES.

Aux accens de la gloire
Réveillons, etc.

DEMALY.

Quels transports!

NARSÉA (*interrompant le chœur.*)

Laméa, réprimez tant d'audace:
Sans mêler à vos jeux la crainte et la menace,
Célébrez de l'hymen les paisibles faveurs.

(*au Raja.*)

Toi, prince, avant que ton ordre suprême
Fasse connaître ici l'épouse de ton choix,
Obéissant à nos antiques lois,
Tu dois du grand Wisnou ceindre le diadême.
A ce don merveilleux, à ce trésor divin,
Les dieux ont de l'empire attaché le destin:
Tu connais seul l'asile inviolable
Où, loin de tous les yeux,
Dans un secret impénétrable,
Tes mains ont renfermé ce dépôt précieux.
Un moment aux regards dérobe ta présence,
Et le front rayonnant du céleste bandeau,
Reviens, d'un peuple heureux remplissant l'espérance,
D'hymen allumer le flambeau.

(*Il donne la main au Raja, qui descend lentement, fait quelques pas vers Laméa, et s'arrête près d'elle.*)

DEMALY.

Prêtres, peuple, écoutez; d'un amour invincible
J'ai voulu cacher les transports;
Son ascendant irrésistible
L'emporte sur tous mes efforts.

Connaissez donc l'objet du choix que je vais faire;
Sachez... Quel bruit!...

SCENE VI.

LES MÊMES, UN CHEF INDIEN.

(on entend les cris du peuple.)

NARSÉA.

Le peuple accourt de toutes parts.

L'OFFICIER *(il parle à genoux.)*

Raja, j'ose affronter tes sublimes regards :
Des Marattes vainqueurs la horde sanguinaire
Jusqu'au pied de ces murs ose porter la guerre,
Et leur audace impie assiège nos remparts.

DEMALY.

Juste ciel, la foudre m'éclaire!
(à Narséa et à Rutrem.)
Vous me trompiez, cruels!

NARSÉA *(sortant.)*

Au pied du sanctuaire
Je cours sur nos malheurs interroger les dieux.

RUTREM.

Daignez, seigneur...

DEMALY.

Perfide! ôte-toi de mes yeux.
(Rutrem sort.)

LAMÉA.

N'attends que de toi seul un conseil glorieux.

CHOEUR DU PEUPLE (*au dehors.*)

D'un ennemi formidable
La valeur nous accable;
Quel dieu viendra nous secourir?

DEMALY.

Il ne me reste qu'à mourir.

LAMÉA (*aux guerriers.*)

Guerriers, armez-vous de constance;
L'honneur est le premier devoir;
Le brave dans son désespoir
Trouve sa dernière espérance.

BAYADÈRES.

Guerriers, armez-vous de constance;
L'honneur est le premier devoir :

GUERRIERS, PEUPLE.

D'un ennemi formidable
La valeur nous accable.

BAYADÈRES.

Le brave dans son désespoir
Trouve sa dernière espérance.

DEMALY.

Mon sort n'est plus en mon pouvoir;
Mourir, voilà mon espérance.

LE CHOEUR.

Fuyons, fuyons; plus d'espérance.

FIN DU PREMIER ACTE.

ACTE II.

(Le théâtre représente le bois sacré qui entoure la grande pagode de Bénarès : on voit à droite un arc de triomphe qui conduit à la place publique.)

SCENE PREMIERE.

LAMÉA, CHEFS INDIENS.

LA fortune a servi la cause des pervers,
Le Maratte est vainqueur, le prince est dans les fers;
Mais nous vivons encore!
Par vous, par vos serments mon cœur est rassuré;
Je renais à l'espoir; et le ciel que j'implore,
Peut rendre à notre amour un monarque adoré.

LE CHOEUR.

Nous sommes prêts à le défendre,
Et prêts à tout braver;
Parle; pour le sauver,
Que faut-il entreprendre?

LAMÉA.

Olkar auprès de lui m'ordonne de me rendre;
J'ai pénétré son cœur;
Il médite une autre conquête:
Et moi du farouche vainqueur

Je prépare la fête!
Vous y serez!... Un voile heureux
Va de nos ennemis tromper la vigilance;
Et si le sort jaloux ne trahit ma prudence,
Du sein même des jeux
Nous saurons, dès ce jour, évoquer la vengeance.

CHOEUR (*on entend les chants des Marattes.*)

Ecoutez ces cris odieux;
Fuyons, c'est Olkar qui s'avance;
Du vainqueur évitons les yeux;
Dans l'ombre et le silence
Cachons encor nos pas mystérieux...

(*Ils sortent.*)

SCENE II.

OLKAR, SALEM, GUERRIERS MARATTES.

CHOEUR.

Victoire, victoire à nos armes!
L'effroi, la mort suit en tous lieux nos pas,
Tout cède à l'effort de nos bras;
Remplissons l'univers de terreur et d'alarmes.

OLKAR.

Bénarès est soumise, et nos hardis exploits
Font retentir le nom Maratte,
Des plaines d'Orixa jusqu'aux mers de Suratte,
Le Gange tout entier va couler sous nos lois:
Du Raja, quelque temps, l'inutile courage

Du combat entre nous balança l'avantage;
Mais qui peut arrêter les compagnons d'Olkar?
(*à un chef.*)
Rassemble nos guerriers au pied de ce rempart.
(*à un autre chef.*)
On dit que des vaincus une armée affaiblie
Dans les champs d'Ellabad en ce jour se rallie:
Sur eux tu vas marcher.
(*à un troisième.*)
Toi, vaillant Iranès,
Fais par la crainte ici régner l'ordre et la paix...
(*à tous.*)
Sortez.

(*Les chefs et les soldats sortent.*)

SCENE III.

OLKAR, SALEM.

SALEM.

Quel étrange langage!
Qui peut donc retarder le signal du pillage?

OLKAR.

Pour le brave Salem je n'ai point de secrets.
Le bandeau de Wisnou, que l'univers envie,
Que ne sauraient payer les trésors de l'Asie,
Est aux mains du Raja, que je tiens dans mes fers.
Indomptable dans ses revers,

En vain par l'effroi du supplice
J'ai voulu le forcer à livrer ce trésor,
Dont je me priverais en lui donnant la mort.
Il échappe à la force, employons l'artifice.
J'ai su qu'une jeune beauté
Dont on vante par-tout la grace enchanteresse,
De son maître en secret gouvernait la faiblesse ;
D'elle seule je puis savoir la vérité ;
Mes ordres sont donnés, bientôt en ma présence...

SALEM.

Je la vois.

OLKAR.

Laisse-nous.

(*Salem sort.*)

SCENE IV.

LAMÉA, OLKAR.

LAMÉA (*à part.*)

O divine espérance,
Tu souris au projet que l'amour m'inspira.

OLKAR.

Ciel! que d'attraits!... approche, Laméa.
Je connais tes alarmes ;
Tu plains un amant malheureux,
Et je le plains moi-même en contemplant tes charmes.
Mais puisque la victoire a rejeté ses vœux,

C'est à moi d'essuyer tes larmes.

AIR.

Bannis à jamais de ton cœur
Un souvenir qui m'offense;
Je suis maître, je suis vainqueur,
Tu dois être ma récompense.
La fortune, en brisant tes nœuds,
Vient t'offrir des chaînes plus belles;
Et ce n'est qu'aux guerriers heureux
Que l'Amour doit des maîtresses fidelles.

LAMÉA.

Le sort a soumis à ton bras
Le Gange et sa rive féconde,
Brama lui-même te seconde,
Ses filles avec moi voleront sur tes pas.
Mais, ô puissant Olkar! écoute ma prière,
Et d'un prince à qui je fus chère
Daigne me confier quel doit être le sort.

OLKAR.

La loi sanglante de la guerre
A prononcé sa mort.
Tu frémis... Au trépas tu pourrais le soustraire.

LAMÉA.

Qui, moi? je puis... parle, que faut-il faire?

OLKAR.

Me prêter ton secours;
User de ton pouvoir sur un prince qui t'aime,
Et remettre en mes mains le sacré diadème;
A ce prix tu sauves ses jours.

LAMÉA.

J'en réponds sur les miens; ordonne à l'instant même...

OLKAR.

Tu vas le voir. Qu'il cède à mon ordre suprême,
Je lui laisse la vie et lui rends ses états;
Mais tu n'as qu'un moment.

LAMÉA.

Je ne le perdrai pas.

(*Olkar sort.*)

SCENE V.

LAMÉA (*seule.*)

Devoir, courage, amour, sur vous je me repose.

AIR.

Sans détourner les yeux
Des vains périls où je m'expose,
Marchons vers le but glorieux
Que mon cœur se propose.
Cher Démaly, dans tes revers,
Je goûte ce bonheur extrême
De pouvoir me dire à moi-même:
Seule aujourd'hui, dans l'univers,
Je veille sur ce que j'aime.

SCENE VI.

LAMÉA, DEMALY, GARDES (*au fond.*)

DEMALY (*enchaîné.*)

Est-ce toi, Laméa?

LAMÉA.

Contenez-vous, seigneur.

DEMALY.

Hélas! au comble du malheur,
A ce bienfait pouvais-je encor prétendre?

LAMÉA.

Consolez-vous, vivez, songez à nous défendre.

DEMALY.

Ne vois-tu pas ces fers?

LAMÉA.

Raja, les momens sont chers,
Ecoute, et daigne m'entendre.
La fortune veut t'épargner
D'un pénible délai la lenteur trop cruelle;
La victoire ou la mort t'appelle;
Il faut aujourd'hui même ou périr ou régner.

DEMALY.

Je mourrai sans regrets si ton cœur est fidèle.

LAMÉA.

L'avide Olkar demande
Pour prix de ta rançon le bandeau de nos rois.

DEMALY.

Tu m'oses conseiller ma honte qu'il commande?

LAMÉA.

Plutôt mourir cent fois!
Je n'embrasse pour toi qu'une noble espérance.
Des guerriers d'Ellabad la cohorte s'avance;
J'ai rassemblé des amis généreux,
Et déja pour servir leur maître malheureux,
Ils s'arment en secret et marchent en silence;
Tandis que pour tromper nos insolents vainqueurs,
Mes compagnes d'intelligence
S'empressent à couvrir de fleurs
Le piége où le plaisir conduira l'imprudence.

DEMALY.

DUO.

Courbé sous le poids du malheur,
Tous les maux assiégent ma vie;
Mais les dieux m'ont laissé ton cœur,
Je suis encor digne d'envie.

LAMÉA.

A la fortune, à ses rigueurs,
Votre ame n'est pas asservie,
Soyez plus grand que vos malheurs,
Les dieux veillent sur votre vie.
Je saurai pénétrer par de secrets détours
Jusqu'à cette prison funeste.

DEMALY.

Au nom de nos dieux, que j'atteste,
N'expose pas tes jours.

LAMÉA.

Ne songez qu'à la gloire.

DEMALY.

Je veux la mériter.

LAMÉA.

Qui sait adorer la victoire
Est bien près de la remporter.
La fortune souvent a couronné l'audace.

DEMALY.

Ah! comment échapper au coup qui nous menace?

LAMÉA.

Quels revers plus cruels pouvez-vous redouter?

DEMALY.

Tes seuls périls ébranlent mon courage.

LAMÉA.

Avec toi quand je les partage,
Ils ne sauraient m'épouvanter.

ENSEMBLE.

Ne songeons qu'à la gloire,
Il faut la mériter, etc. etc.

LAMÉA.

On vient... adieu, seigneur... soyez prêt.

SALEM (*aux gardes.*)

Qu'on l'emmène.

SCENE VII.

LAMÉA, OLKAR, SALEM.

OLKAR.

Tu l'as vu, cède-t-il à ma loi souveraine ?

LAMÉA.

Olkar, j'ai pénétré ce secret important.

OLKAR.

Que tardons-nous?

LAMÉA.

Voici l'instant.
Près des murs du palais, non loin de cette enceinte,
Au fond d'une pagode, un réduit ignoré
Renferme le dépôt sacré:
Le peuple en frémissant de la retraite sainte
Verroit profaner la splendeur.
Du pillage du temple épargne-lui l'horreur. (1)
Tandis qu'au sein d'une brillante fête,
Les vainqueurs, les vaincus, s'assemblent sous tes yeux;
Je saurai, profitant d'un moment précieux,
Apporter à tes pieds ta superbe conquête.

(Elle sort.)

---

(1) On m'a fait observer que ce vers se trouvait tout entier dans ATHALIE; mais quelque simple que soit l'idée qu'il renferme, et par cela même, peut-être, il m'a été impossible de le refaire autrement.

SCENE VIII.

SALEM, OLKAR.

SALEM.

Olkar, pour nos guerriers, de tant d'appas épris,
Je crains ces jeunes Bayadères ;
L'essaim des voluptés suit leurs traces légères :
Mais de leurs faveurs mensongères,
La honte et les remords sont trop souvent le prix.
(*On entend la marche du cortège.*)

OLKAR.

Bannis de frivoles alarmes.

SALEM.

Je redoute en ces lieux quelques complots obscurs.
Notre armée hors des murs...

OLKAR.

Les vaincus ont des fers, et nous avons des armes.
Laméa nous attend, viens.
(*Ils sortent.*)

(*Le théâtre change, et représente la place publique de Bénarès ; le Gange coule dans le fond, et sur l'autre bord, dans le lointain, on apperçoit une partie du camp des Marattes.*)

SCÈNE IX.

CHEFS INDIENS (*déguisés en jongleurs*), CHEFS MARATTES, SOLDATS, PEUPLE, ESCLAVES, BAYADÈRES.

(*Olkar et Salem entrent après le premier chœur.*)

CHOEUR DES MARATTES.

Fuyez devant nous,
Tombez à genoux,
Peuples de la terre;
Les fils de la guerre
Marchent contre vous.
A la foudre terrible,
Au torrent invincible,
Sans opposer d'effort,
Sous le fer homicide
Baissez un front timide,
Subissez votre sort.

(*Pendant le chœur les Marattes exécutent des évolutions militaires, et Olkar entre suivi du cortège des guerriers, qui traînent après eux les Indiens esclaves. La musique change d'expression, et la mélodie la plus voluptueuse annonce l'entrée des Bayadères.*)

(*Laméa et la première des Bayadères du chœur de la danse sont portées dans un palanquin découvert, où elles se tiennent debout, les bras enlacés. Elles sont escortées par le chœur général des Bayadères, des brames chorèges, des jongleurs, et des musiciens.*)

CHOEUR DES BAYADÈRES (*en marche.*)

Aimable enchanteresse,
Des cœurs heureuse ivresse,
Par nous régnez sans cesse,
Divine Volupté.
Sur tout ce qui respire
Etendez votre empire;
Dispensez d'un sourire
L'amour et la gaîté.

SALEM, MARATTES.

Que la guerre a de charmes!
Au milieu des alarmes
Nous cherchons ses faveurs.

OLKAR (*à Laméa.*)

A tes promesses fidèle,
Ton amant et ton maître en attend les effets.

LAMÉA.

A mes promesses fidèle,
Olkar, je vais remplir les serments que j'ai faits.

OLKAR (*à Laméa.*)

Quelle voix enchanteresse!
Ah! Laméa, jusqu'à ce jour,
Des plaisirs j'ai connu l'ivresse,
Je te vois, je connois l'amour,

LAMÉA.

De ses dons la gloire avare
Aux plaisirs qu'elle prépare
Mêle trop souvent des pleurs;
Avec nous si l'on s'égare,
C'est toujours parmi les fleurs

LES BAYADÈRES.

De ses dons la gloire avare,
Aux plaisirs, etc.

(Pendant toute cette scène, les chants et les danses sont presque toujours unis.)

GUERRIERS *(à part.)*

Quels transports, quelle ardeur nouvelle
S'allument dans nos cœurs!

LAMÉA *(à part aux Bayadères.)*

Redoublez d'ardeur et de zèle,
Soumettez vos vainqueurs.

SALEM *(aux Marattes.)*

Etouffez cette ardeur nouvelle
Indigne de vos cœurs!

(Danse des Bayadères; elles se mêlent aux Marattes: tandis que les unes exécutent autour d'eux les danses les plus voluptueuses; d'autres brûlent des parfums; d'autres sur le dernier plan leur versent dans des coupes d'or des liqueurs enivrantes: la musique, la danse, les chants, les parfums, les breuvages, tout est mis en usage pour séduire les compagnons

d'Olkar, qui partage bientôt le délire de ses guerriers.)

BAYADÈRES.

De la vieillesse et de l'envie
N'écoutez pas les vains discours,
Songez que la plus longue vie
Se compose de quelques jours.

SALEM (*à Olkar.*)

Olkar, que ton cœur se défie,
Tout m'alarme dans leurs discours.

LAMÉA, OLKAR.

En vain la vieillesse et l'envie
Voudraient effrayer les amours.

LAMÉA (*à part à un officier indien déguisé en jongleur.*)

Séparons-les de leurs cohortes,
De la ville à l'instant que l'on ferme les portes.

(*L'officier sort.*)

LAMÉA (*à Olkar et aux Marattes.*)

Quand les desirs,
Quand les soupirs
Annoncent de nos cœurs les ardeurs mutuelles,
Déposez ces armes cruelles
Dont s'effarouchent les plaisirs.

(*Elle désarme Olkar.*)

(*Les Bayadères imitent Laméa et désarment les Marattes.*)

LES BAYADÈRES.

En nos mains ces armes cruelles

N'effarouchent pas les plaisirs.

(*Elles dansent un pas militaire avec les armes des Marattes, qu'elles remettent aux mains des jongleurs, qui s'enfuient sans être apperçus.*)

SALEM (*refusant de se laisser désarmer.*)

Conservez ces armes fidelles,
Craignez l'amorce des plaisirs.

OLKAR (*à Laméa.*)

Je ne puis résister aux transports de mon ame.

LAMÉA (*à part à un officier indien.*)

Voici l'instant: du haut des pagodes en flamme,
A nos vengeurs qu'on donne le signal.

SALEM.

J'entrevois un complot fatal.
Je vais...

(*Les Bayadères l'arrêtent en dansant.*

LAMÉA (*à Olkar.*)

Ordonne à Salem de me suivre.
A l'instant je te livre
Un trésor que la gloire arrache à ton rival.

OLKAR (*transporté.*)

Il en est un plus doux auquel j'ose prétendre,
(*à Salem.*)
Accompagne ses pas.
(*aux siens.*)
Qu'à ses ordres chacun s'empresse de se rendre.

SALEM.

Mais, seigneur...

OLKAR.

Obéis, et ne réplique pas.

(*Laméa sort avec Salem et tous les Indiens déguisés; les danses continuent et prennent un caractère de tumulte et d'ivresse auquel se mêle l'inquiétude que témoignent les danseuses pour les événements du dehors. La principale Bayadère de la danse veille sur tous les mouvements d'Olkar.*)

MARATTES.

Par une vaine résistance
Cessez d'enflammer notre ardeur;
Il est un terme où l'espérance
Est un supplice pour le cœur.

BAYADÈRES.

(*On entend un bruit de guerre, que les Bayadères s'efforcent de couvrir par leurs chants.*

Loin de nous cette folle gloire
De combattre, de résister :
Pourquoi disputer la victoire?
Nous craignons de la remporter.

OLKAR.

Quel bruit se fait entendre?

LES BAYADÈRES.

Loin de nous, etc.

OLKAR.

Des feux ont embrasé les airs!

(*Pendant cette scène le jour s'est éteint peu-à-peu; on apperçoit des signaux de feux sur le haut des pagodes.*)

OFFICIER MARATTE (*accourant.*)

Olkar, on cherche à nous surprendre;
Du prince on a brisé les fers.

(*Les Bayadères s'enfuient.*)

OLKAR.

Nos armes !...

SCENE X.

OLKAR, IRANÈS, MARATTES.

IRANÈS.

D'Ellabad les troupes fugitives,
Du Gange franchissant les rives,
Vers notre camp surpris s'avancent à grands pas;
Et Démaly, que rien n'arrête,
Déja quitte ces murs pour voler à leur tête.

OLKAR (*avec fureur.*)

Venez.

MARATTES.

Comment échapper au trépas?
Entendez-vous ces cris de rage?
Un peuple entier nous ferme le passage.

OLKAR (*avec l'exaltation de l'audace, et s'emparant du sabre d'un Maratte.*)

Rassemblez-vous autour de moi;

Servez la fureur qui me guide;
Ne craignez rien d'une foule timide,
Mon seul regard les glacera d'effroi.
Courons, amis : notre courage
Saura se frayer un passage;
Nos ennemis disparaîtront.
Ces murs, défendus par des femmes,
Dans un moment s'écrouleront.
Olkar, dans Bénarès en flammes,
Jure de venger son affront.

CHOEUR DE MARATTES.

Courons, amis, etc.

(*Ils s'élancent à travers les Indiens, qui s'avancent pour leur fermer le passage.*)

FIN DU SECOND ACTE.

ACTE III.

(Le théâtre représente une des salles du palais, attenant à la grande galerie du trône, dont elle n'est séparée que par une draperie mobile.)

SCENE PREMIERE.

DEMALY, CHEFS INDIENS, LAMÉA, PEUPLE.

CHOEUR GÉNÉRAL DU PEUPLE.

Gloire au héros! gloire éternelle
Au meilleur, au plus grand des rois;
L'éclat des plus brillants exploits
Orne sa couronne immortelle.
Gloire au héros! gloire éternelle
Au meilleur, au plus grand des rois.

DEMALY.

A mes armes les dieux ont donné l'avantage;
Olkar est dans nos mains; vaincus, épouvantés,
Ces Marattes si redoutés

De leur présence impure ont purgé ce rivage :
Mais d'un triomphe inattendu,
Qui raffermit l'état et ma puissance,
Peuple, vous savez tous à qui l'honneur est dû,
Et vous saurez bientôt quelle est sa récompense.

LE CHOEUR (*en sortant.*)

Gloire au héros! etc.

SCENE II.

DEMALY, LAMÉA, RUSTAN, (*qui entre.*)

DEMALY.

Demeurez, Laméa.

RUSTAN.

Seigneur, dans Bénarès,
On dit (ah! pardonnez à mes soins inquiets),
On dit que, blessé vous-même...

LAMÉA.

Il se pourrait, grand Dieu!

DEMALY.

Calmez ce trouble extrême,
Et pour des maux plus grands réservez vos regrets.
(*à Rustan.*)
De ces lieux, un moment, qu'on défende l'entrée.

(*Rustan sort.*)

Pour la dernière fois, de mon ame enivrée
Je dévoile à tes yeux les sentiments secrets.
Laméa, quand toi seule as sauvé cet empire,
Quand tu me rends l'honneur, par toi quand je respire,
Tu m'opposes en vain et nos mœurs et nos lois,
Je veux te consacrer les jours que je te dois;
Des serments que l'amour m'inspire
Je veux que l'hymen...

LAMÉA.

Non, seigneur,
Je ne puis accepter cette insigne faveur.
Non, votre gloire m'est trop chère;
A tous les biens je la préfère;
L'amour qui l'inspira ne doit pas la flétrir.

DEMALY.

A tous ces vains détours cessez de recourir;
Quand Laméa trahit des serments que j'atteste,
Je vois de quelle ardeur son cœur est animé!
Tu sauvas par orgueil mes jours que je déteste;
Non, tu ne m'as jamais aimé.

LAMÉA.

D'un reproche cruel que l'amour apprécie
N'exige pas que je me justifie.

AIR.

Le sort peut changer ses décrets,
Mais non le cœur de ta maîtresse;
Crois moi, tu ne sauras jamais
Pour toi jusqu'où va ma tendresse.

Cet amour dont je m'enivrais
Cede à la raison qui l'éclaire;
Mais en refusant tes bienfaits,
Je t'en donne aujourd'hui la preuve la plus chère.
Le sort peut changer, etc.

DEMALY.

Pourquoi donc prononcer mon malheur et le tien?
Epoux d'une Bayadère,
Le Dieu puissant que le Gange révère,
Wisnou, forma lui-même un semblable lien.

LAMÉA.

Cet exemple divin ne saurait nous atteindre;
Les dieux qui font les lois peuvent seuls les enfreindre.

DUO.

Le sort m'en fait la loi,
Pour toi je ne peux vivre.

DEMALY.

Cruelle, laisse-moi
Cet espoir qui m'enivre;
Cède, cède à mes vœux.

LAMÉA.

Du devoir rigoureux
C'est la loi qu'il faut suivre;
Elle a brisé nos nœuds.

ENSEMBLE.

LAMÉA.	DEMALY.
L'Amour forme des vœux,	Je n'en crois pas ces vœux,
Que la Gloire dédaigne;	Que mon amour dédaigne;
Il alluma nos feux;	Je ne puis être heureux
Que l'Honneur les éteigne!	Sans toi, par qui je règne.

LAMÉA.

De Laméa garde le souvenir.

DEMALY.

Ah! de mon cœur quels dieux pourraient bannir
Un si doux souvenir?
Par cet amour, seul besoin de mon ame,
Consens à remplir mes souhaits.

LAMÉA.

Ce pur amour qui m'anime et m'enflamme
Ne peut accepter tes bienfaits.

ENSEMBLE.

LAMÉA (*à part.*)

Grands Dieux! dans mon ame attendrie
Soutenez cette noble ardeur;
Et des biens que je sacrifie
Dérobez l'image à mon cœur.

DEMALY (*à part.*)

Grands dieux! de son ame attendrie
Détruisez la funeste erreur;
Et des biens qu'elle sacrifie
Retracez l'image à son cœur.

LAMÉA.

Adieu, cher Démaly,
Adieu, mon maître;
Pour t'aimer, te servir, le ciel m'avait fait naître;
Mon sort désormais est rempli.
(*Elle sort.*)

SCENE III.

DEMALY, RUSTAN.

DEMALY.

Elle me fuit... Non, cruelle,

De ta bouche rebelle
Mon cœur ne reçoit pas les funestes adieux.

RUSTAN.

Les femmes du harem vont paraître à tes yeux.

DEMALY.

Suis-moi.

RUSTAN (*observant Démaly.*)

Que vois-je! une pâleur mortelle!
Se pourrait-il, seigneur.... ta blessure cruelle...

DEMALY.

Qu'on cherche Laméa; cours, vole sur ses pas.
Je prétends triompher d'un refus indocile.

RUSTAN.

Elle appartient aux dieux; un temple est son asile.

DEMALY.

Je l'en arracherai, Rustan, n'en doute pas;
Il n'est plus de devoir, de frein qui me retienne;
Il faut que je l'obtienne,
Que la force ou l'amour la remette en mes bras.

(*Ils sortent.*)

SCENE IV.

IXORA, DIVANÉ, DEVEDA, ESCLAVES.

IXORA.

Ainsi, dans la même journée,
Il est captif, il est vainqueur.

DÉVEDA.

La victoire a paré l'autel de l'hyménée.

DIVANÉ.

L'une de nous est destinée
A partager tant de grandeur.

IXORA (*à Divané.*)

Du ministre Rutrem la disgrace éclatante
Vous enlève en ce jour votre plus ferme appui.

DÉVEDA (*à Ixora.*)

Narséa, dans l'exil, de sa faveur puissante
Ne peut vous aider aujourd'hui.

TRIO.

DIVANÉ.

L'éclat du rang suprême
Ne séduit pas mon cœur.

IXORA.

C'est Démaly que j'aime,
Et non pas sa grandeur.

DÉVEDA.

Quand l'amour est extrême,
Il suffit au bonheur.

ENSEMBLE.

Si l'amour le plus tendre
Doit seul régler nos droits.
C'est à moi de prétendre
A l'honneur de son choix.

DIVANÉ.

Divané dans ses peines
Eût été son appui.

DÉVEDA.

J'aurais porté ses chaînes.

IXORA.

Je mourrais avec lui.

ENSEMBLE.

Si l'amour le plus tendre
Doit seul régler nos droits, etc.

SCENE V.

LES MÊMES, RUSTAN.

RUSTAN.

Jour de deuil et de larmes.

LES FAVORITES.

D'où naissent tes alarmes?

RUSTAN.

Au milieu des combats,
Atteint d'une flèche perfide,
Dont le venin caché recelait le trépas,
D'Olkar le vainqueur intrépide
S'avance vers la tombe ouverte sous ses pas.

LES FAVORITES.

Malheureuses!

RUSTAN.

Déja dans la ville alarmée
De cet affreux malheur la nouvelle est semée,
Et le peuple en tumulte inonde le palais.

LES FAVORITES.

Qu'allons-nous devenir?

SCENE VI.

LES MÊMES, PEUPLE, BRAMES.

CHOEUR GÉNÉRAL.

Victoire infortunée,
Monument d'éternels regrets!
La mort dans cette journée
Change nos lauriers en cyprès.

LE BRAME HYDERAM.

De l'éternelle destinée
Le décret n'est pas accompli;
Ce jour que voit encor l'illustre Démaly
Dut éclairer son hyménée;
S'il expirait sans remplir ce devoir,
Le Dieu du Gange, à l'heure solennelle,
Fermerait à ses vœux la demeure éternelle.
(*aux femmes.*)
C'est en vous qu'il met son espoir.
Le Raja, par ma voix, accepte pour épouse
Celle de qui l'ardeur, bravant la mort jalouse
Qui l'enlève à nos vœux,
Viendra s'unir à lui par le plus saint des nœuds.

RUSTAN.

Du sein de ces brasiers funestes,
Que le souffle des dieux alluma parmi nous,
La jeune épouse, unie à son époux,
Le rejoint pour jamais aux demeures célestes:

LE BRAME HYDERAM (*aux favorites.*)

Consultez votre cœur;
Hâtez-vous, le temps presse;
Nommez celle dont la tendresse
Mérite mieux cet immortel honneur.

TRIO.

(*Contre-partie de la scène cinquième.*)

DIVANÉ.

L'éclat du rang suprême
Ne séduit pas mon cœur.

DÉVEDA (*à Ixora.*)

A votre amour extrême
On doit cette faveur.

IXORA (*à Déveda.*)

Non, non, c'est à vous-même
Qu'appartient cet honneur.

ENSEMBLE.

Si l'amour le plus tendre
Doit seul régler nos droits,
C'est à vous de prétendre
A l'honneur de son choix.

(*Laméa entre à la fin de ce morceau avec les Bayadères.*)

ENSEMBLE.

LAMÉA (*à part en entrant.*)

Amante infortunée,
Epargne-toi de vains regrets,
Le sort dans cette journée
Unira du moins nos cyprès.

LE CHOEUR.

Victoire infortunée,
Monument d'éternels regrets;
La mort dans cette journée
Change nos lauriers en cyprès.

LE BRAME (*aux favorites.*)

Amante sensible et fidelle;
Vous à qui Démaly fut cher,
C'est vous que l'Amour appelle
A partager son trône et son bûcher.

(*Il se fait un long silence, après lequel Laméa prend la parole.*)

LAMÉA.

Du doute où je vous vois souffrez qu'on vous délivre;
Il en est temps, je dois parler;
Au moment de cesser de vivre,
Mon secret m'appartient, je puis le révéler.
J'adore Démaly, c'est à moi de le suivre;
Jalouses d'un destin si beau,
Ne me ravissez pas un bonheur que j'envie;
Cher amant, je n'ai pu te consacrer ma vie,
Je suis digne du moins de te suivre au tombeau.

CHOEUR.

Honneur à l'amante fidelle,
Gloire à la tendre Laméa!

LE BRAME.

De ta promesse solennelle
Ose prendre à témoin Brama.

LAMÉA.

De ma promesse solennelle
J'atteste l'immortel Brama.

LE BRAME.

Près des bords où le Gange épanche une eau lustrale,
Nos mains vont préparer la fête nuptiale.

CHOEUR.

Gloire à la tendre Laméa;
Honneur à l'amante fidelle!
(*Il sort, le peuple le suit.*)

SCENE VII.

LAMÉA, LES BAYADÈRES.

UNE BAYADÈRE.

Nous admirons ce généreux effort;
Mais nous plaignons ta jeunesse et tes charmes:
Pouvons-nous, sans verser des larmes,
Songer que ton hymen est l'arrêt de ta mort?

LAMÉA.

Pleurez, pleurez, mais chantez ma victoire,
C'est le triomphe de l'Amour.

CHOEUR DES BAYADÈRES.

Une immortelle gloire
S'attache à ta mémoire,
Et consacre à jamais ce jour;
Pleurons, pleurons, mais chantons sa victoire,
C'est le triomphe de l'Amour.

LAMÉA.

AIR.

Cher Démaly, pour toi puisqu'il faut que je meure,
Je bénis mon heureux trépas;
C'est à moi de guider tes pas
Dans l'éternelle demeure;
Sans frémir je vois approcher

Le moment où, quittant la vie,
Ma main par l'amour affermie
Va du flambeau d'hymen embraser mon bûcher.

SCENE VIII.

LES MÊMES BRAMES, GUERRIERS, PEUPLE, JEUNES FILLES.

(*Palanquin porté par des Béras.*)

LE BRAME HYDERAM.

Le prince, à son heure dernière,
Bénissant de l'amour les généreux efforts,
A voulu, près du Gange (1), achever sa carrière:
L'autel et le bûcher s'élèvent sur ses bords.

LAMÉA.

J'y cours.

HYDERAM.

Pour approcher de la rive fatale,
Tu dois, en ces tristes moments,
Déposer ces vains ornemens,
Et couronner ton front de la fleur nuptiale.

(*Laméa distribue ses bracelets, ses colliers à ses compagnes, tandis que de jeunes filles substituent la couronne nuptiale au réseau d'or qui orne ses cheveux, et que les Brames lui présen-*

(1) Les Indiens religieux se font porter sur le bord du Gange avant de mourir.

tent le poignard de diamant, et les symboles de la royauté.)

CHOEUR DU PEUPLE (*qui s'agenouille.*)

Grands Dieux ! qui récompensez
Tant d'amour et de courage,
C'est nous que vous punissez
En détruisant votre ouvrage.

LAMÉA.

AIR.

Enfin, je vois naître ce jour,
Où, sans offenser ce que j'aime,
Je puis, en face des dieux même,
Avouer mon amour.

CHOEUR.

O tendresse! ô courage extrême!
C'est dans les bras de la mort même
Qu'elle invoque l'Amour.

LAMÉA (*suite de l'air.*)

Sur cette terre infortunée,
Quel dieu pourrait me retenir,
Quand d'un éternel hyménée,
La chaîne va nous réunir?

ENSEMBLE.

CHOEUR.

O tendresse! ô courage extrême!
Ces yeux vont se fermer au jour,
Et dans les bras de la mort même
Elle invoque l'Amour.

LAMÉA.

Oui, sans offenser ce que j'aime,
Je puis enfin dans ce grand jour,
Je puis, en face des dieux même,
Avouer mon amour.

LE BRAME.

Tout est prêt...

LAMÉA.

(*Elle monte sur le palanquin, le chef des Brames lui remet un flambeau qu'elle allume, et de l'autre main elle tient une fleur rouge, symbole du sacrifice des veuves indiennes.*)

Oui, j'entends Démaly qui m'appelle,
Et ma bouche fidelle
Ose enfin, quand je vais mourir,
Le nommer mon époux à mon dernier soupir.

(*Le théâtre change.*)

SCENE IX ET DERNIERE.

(*La tapisserie qui formait le fond du théâtre se lève, et laisse voir la salle du trône du palais du Raja. Démaly est assis sur un trône étincelant de pierreries. Toute sa cour est rangée autour de lui : les esclaves sont prosternés à ses pieds; tout ce que le luxe asiatique offre de recherches et de richesses doit être déployé dans cet appareil.*)

LES MÊMES, DEMALY, GUERRIERS, etc.

DEMALY (*du haut du trône.*)

J'ai reçu tes serments.

LAMÉA.

C'est Démaly.

DEMALY.

Moi-même.

LE CHOEUR

O puissance suprême !
Quel Dieu te rend à notre amour ?

DEMALY (*s'avance.*)

Celle qui dans ce jour
Sauva son prince et sa patrie,
A qui je dois l'honneur, la victoire et la vie,
Dont le cœur généreux, en acceptant ma foi,
Ne céda qu'à l'espoir de mourir avec moi.

CHOEUR GÉNÉRAL.

Règne sur notre auguste maître;
Tes vertus, tes attraits sont dignes de son cœur;
Laméa, le ciel te fit naître
Pour la gloire et pour le bonheur.

LAMÉA.

De mon obscurité profonde,
Je n'ose envisager tes généreux desseins.

DEMALY.

En te plaçant sur le trône du monde,
Je te rendrais à tes nobles destins.

CHOEUR.

Règne sur notre auguste maître;
Tes vertus, etc.

DEMALY.

Conservons de ce jour la mémoire sacrée;

Il nous comble de joie, il remplit nos souhaits;
Et dans le don d'une épouse adorée
Les dieux ont réuni pour moi tous leurs bienfaits.

BAYADÈRES.

De nos alarmes fugitives
Eteignons les vains souvenirs;
Rappelons sur ces rives
Les jeux, les amours, les plaisirs.

CHOEUR (*du peuple.*)

De l'heureuse alliance
Des vertus et de la puissance
Que tous les cœurs soient satisfaits;
Et que le bonheur des sujets
Du prince soit la récompense.

BRAMES (*au prince et à Laméa.*)

Par un auguste hymen consacrez ce grand jour.

FEMMES.

Soyez de l'univers et l'honneur et l'amour.

CHOEUR GÉNÉRAL.

De nos alarmes fugitives
Eteignons les vains souvenirs;
Rappelons sur ces rives
Les jeux, les amours, les plaisirs.

(*La pièce se termine par une fête indienne, dont l'objet principal est le mariage de Démaly et de Laméa.*)

FIN.

14

www.ingramcontent.com/pod-product-compliance
Lightning Source LLC
Chambersburg PA
CBHW070809260626
47161CB00006B/2210
9782019620806